橋本夢道句集

無禮なる妻

［新装版］

未來社

無禮なる妻　橋本夢道句集

目次

本書は未來社刊行の『無禮なる妻』（一九五四年）を底本として、新たに組みなおしたものである。その際、漢字を新字体に統一し、校正にあたっては『橋本夢道全句集』（未來社）を参照し、誤植を訂正した。

（編集部注）

無禮なる妻　橋本夢道句集

装幀――高麗隆彦

序

めだか　おたまじやくしといる

地上のこんとんたるもの丶中に生命はいつも目ざめている。この世界に、二十代の夢道はたしかに俳句の目をあけている。

つづいて大潮の筏を入れてくる

いかにも二十代のまんまんたる希望の中に夢道は俳句の棹をさしている。こうした清らかな気持は、後からふりかえって見ても悪くあるまい。

山が紅葉しそめたそうな月末の机の抽斗

三十代の夢道には、本来の俳句の世界とは一寸数字が合わなくなった悩みが出ている。

もう芽が美しい先祖からある家木も伐り倒してしまう

伐り倒してしまってソモサンである。伐り倒してしまった筈のものが、やっぱりそこにげん然と立って、又も美しい芽をふきだす、そのマカフシギに、やはり俳句の世界があるのではないか。
その時、戦争がはじまり、夢道は一個の兵隊であった。

あわれ胸のポケットにいつも煙草があるごとく

そうして、次の年には、夢道は一介の囚人であった。それと共に夢道は四十代に突入していた。
かれの俳句もたしかに四十代になっていた。

初夏のさし入れべんとうのそら豆

一とき、ムチャクチャにもがいていた夢道を、しっかりと俳句の世界につないで、もう一度、新しい俳句の目をひらかしめたものは、此の独房の生活ではないだろうか。

からだはうちわであおぐ

此の一枚のうちわがしっかりと身についてしまえば、いわゆる「句と身と一枚」の世界である。夢道はことし四十五だという。人生のはたらきざかりである。そして、俳句にもアブラの乗っているさかりであろう。彼は鶴を見て

鶴よ人の貧今日にはじまりたるにあらず

と嘆じ、去って、亀にむかっては、

金色の目をあけて亀不思議そうに沈んでゆく

と首をかしげている。鶴や亀と角力をとろうとするのはいゝ。だが、鶴とも亀とも、四十代の彼とは、まだ本当の取組にならない。五十になり、六十になったとき、もう一度、鶴にも亀にも勝負

をいどむのがいゝであろう。

断崖や絶望のために由来絶景

此のニヒリズムを私は一おう首肯する。だが、夢道の前途のために望むところは、絶望の断崖の彼方にある洋々たる水平線の希望である。或人の句に

絶壁へ来てほんとうに目をあける

というのがある。前にも進めず、後にもひけず、そのギリ〱の処に立って、それこそ大死一番という気持ちで、両脚をはなった刹那に、大悟徹底したという、そういう句を見せてもらいたいと思っている。

荻原　井泉水

橋本夢道さんの俳句集が一冊にまとめられてでるということは、非常にうれしいことである。私と夢道さんとの交りは戦後のことであるが、私はこんどはじめて、夢道さんの長いたたかいの生活のなかに生みだされた句の全ぼうにふれることができたのである。この全ぼうに接して私はその新しい道の来たところ、行く手がはっきり理解できるように思った。「俳句は、民族の正統なる詩でなければならない。民主的な人々によっておこなわれている俳壇の、屈指の作家も鑑賞の玩具にひとしい仕事しかやっていないのではないか。私たちのやっていることは、玩具ではなくて、民族が生きるための文学でなければならない。」これは夢道さんのあとがきの言葉であるが、ここには俳句を民族の文学として新しくきたえ直そうとする大きな願望と不屈の自信がある。俳句革新というよりも、俳句を根底から変えて新しい形式を生みだし、生きるための文学として創造しようという新しい方向は、この夢道俳句集のなかにはっきりとつくりだされている。

民衆のなかに新しいイメージ、新しい韻がさぐられるだけではなく、それらのイメージと韻とをもって人生を生きぬいて行く新しい思想を生みだして行こうとする方向。その夢道さんの方向は苦しみにみちた、しかもユーモアと明るさにかこまれた生活のうちをつらぬく思想の力にささえられて、はげしい弾圧のなかにあってもおれまがることがなかった。俳句がこのように人間を支えたということは現在非常にまれなことではないだろうか。このひとのあることは日本の俳句の希望である。

野間 宏

一九五四年七月十八日

夢道の句集が出ることを、よろこぶひとが沢山いるのをぼくは知っている。

夢道が俳句を始めたのは大正十二年だ。すると彼はぼくの八年前の先輩になるわけだ。先輩の句集の序文を書くなどとは思いもよらなかった。夢道が数多い先輩・知己をさしおいて、しかも流儀のちがうぼくに序文を書けといってくれたのは、きっと昔も今も変わらない友情を、ぼくに感じていてくれるからだろう。

夢道との交流のなかで、いまもぼくの思い出に皺のようにふかくのこっている場面は、集中にも出てくるが、「東京拘置所」のなかでの邂逅である。昭和十七年の或る日であった。その前年ぼくらは、いわゆる俳句事件といわれている事件に連坐して、彼は「俳句生活」の一員として、ぼくは「土上」の一員として検挙された。ぼくらは折からの細雪に胸を飾られ、わが家からつれ去られた。それから丸二年、ぼくらは留置所こそ異にしたが、同じ拘置所で起居をともにした。夢道がどこかの独房にいることは知っていたが、同じ事件でつかまったぼくらが顔を合わす筈はなかった。それがどうした看守の手違いか、或る日ぼくが理髪所へ行って編笠を脱ぎ、番のくるのを待つため椅子にかけたら、前の鏡のなかに何と夢道の顔が写っていたのだ。ぼくはハッとして看守をぬすみ見ながら、彼の腕を小突いた。彼も気がついて鏡のなかでぼくの顔をとらえた。二人は黙って眼を見合い、豆腐のようになった顔をゆがめて笑い合った。何もいえない場所であった。だが何もいえない方がいうに勝るような気が、ぼくには沈黙の底からしみじみわかるのであった。そしてこんな風な無口な気持の表現というものが、何か非常に俳句に酷似していると思って、ぼくらのこういう出逢いが、俳人らしくもあると思った。とにかくこのときのことは、その後夢道の顔をみるたび、ぼくに思いだされる一場面となった。

夢道の句はそれぞれに面白く、乱暴のようでいて、なかなかそうではないし、言葉が生き生きしていることなどは彼が立派な詩人であることを立証していて、読んでいて感心するのだが、やはりぼくなどは、獄中の句など特に身近な感じで愛誦する。

うごけば、寒い　　　　夢道

この句はその獄中吟の一つだが、これを俳句といってよいかどうか、一句独立しているかどうかに疑いをもてば、いくらも疑う余地もあると、ぼくはおもうのであるが、俳人同志という考え方を離れてみれば、ぼくには、やはり強い感慨で感じとれる作のひとつである。他の句についても夢道のいくつかの句を立場の上で否定しながら、なお且ついいと思うのだが、これは彼の詩の面白さを掩う彼の人間のよさにふれるからであろう。

じつさい夢道の句は、この「よき人間にふれる」という暖かさに充ちている。そういう点でぼくなど夢道の作から大事なことをいつも教えられている。彼の句の底流をなすものは、じつにこの善意に充ちていることだ。善意に充てば自らまた抵抗にも充ちるし、愛情にも充ちあふれるのだ。夢道の句の野放図の面白さを支えているのは、たしかにこのことにちがいないと、ぼくはおもっている。

近年ぼくは四千句あるという夢道句集の上梓を独りで思い立った。その計画を彼に話したとき、ぼくは冗談に、おれが編む夢道句集は、三百句くらいだ、といったことがある。ところがいまこの句集をつくづく見て、ぼくは彼が三十何年間も、営々と句をつくりつづけてきたことを、じつはよくは知らなかったのを知って恥じた。いくつかの秀作の影には常に無数の犠牲句があるのだ。それが見落されては、俳人は可愛そうである。

昭和二十九年七月

秋元 不死男

橋本夢道という男

この句集はすでに一九四九年ごろ、題名もそのままに出るはずであった。それがある事情でのびのびになっていたのを、こんどその後の作品もくわえて出ることになったのであるが、そのときわたしはつぎのような文章をこの句集に寄せて書いておいた。

橋本夢道は、わたしにとってながいあいだの、いわば血をわけた兄弟のようなふるい仲間だ。大正の末期「層雲」にプロレタリア俳句へのうごきが見えたころから、昭和五年の「旗」の創刊、「俳句前衛」「俳句」「俳句の友」をへて「俳句生活」の時には神代藤平、横山林二などといっしょに、かたく腕をくんで困難なたたかいをつづけたのであった。昭和十六年の弾圧にもいっしょに刑務所にぶちこまれ、出てきてからも新俳句人連盟の同志として今日におよんでいる。そのあいだわたしたちはよく酒をのみ、コーヒーをすすり、さかんに議論をし、時にはなぐりあいもすることさえあったが、けっしてはなれることがなかった。そういう仲間である。

自分の顔は自分ではよくわからないように、あまりによくその人間を知っているとかえってよくいいあらわせない。夢道はあまりにわたしの近くにいるために、さてとなると書きにくい男なのだが、じつはその書きにくいのはわたしに近いばかりでなく、夢道という男がそもそも一寸見にはわからない人間なのである。というのは角度によっていろいろな色彩があり、味があり、温度があり、手ざわりがあるといった複雑な人間だからである。

夢道は阿波（徳島）の小作人の子である。阿波といえば藍の産地だが、資本主義時代の化学染料に圧倒されてからは、彼の実家も大根をつくり沢庵漬けにして出すのが生計であった。その虐げられた小作百姓の子としての生活体験が夢道の基本的性格をつくっているということがたしかにいえるとおもう。この性格は、彼が土地から出た肥料問屋をたよって上京し、封建的な世界と近代資本主義との矛盾の中で丁稚奉公からたたきあげ、生き馬の目を抜くような尖端的な、モダーンな銀座で押しも押されもせぬセールスマン（そのころかれはそういう仕事をしていた）になった今日まで一貫しているものであり、同時にまた彼の俳句の底に流れている精神的基調でもあるのである。そしてまたこの伝統とその上に立つ生活体験から彼の複雑な多面性がうまれる。

「みつ豆をギリシヤの神は知らざりき」という有名な宣伝文句で、銀座じゅうを汁粉とみつ豆だらけにしてしまった彼の商才、誰にあっても、ニコニコともみ手をして腰のひくい彼、誰とでも酒をのみ、酔っぱらうと手ばなしで妻君ののろけをいい、放歌高吟（いわゆる夢道ぶし）談論風発するといった彼を見ると、現実的で妥協的で、時には野心的なずるさがあるのではないかと、知らないものにはそんな気もおこさせそうだが、そういう時でもじつは彼にはなんの野心もなく、まったく自分をむきだしにしているのである。しかもそういう時でも彼はけっして自己をわすれているのではない。

夢道には彼の確信する思想がある。それはつねに彼の行動と作品のなかに流れている。しかし彼は思想そのものをむきだしにする男ではない。時にはそういう作品もあるが、それは当時の時代的背景とにらみあわせて見るべきものである。彼はつねにその思想を、植物における水分のようにしっとりとしめらせているにすぎないのである。彼の思想は、かくべつ理論的に勉強したものでもなく、したがって組織され、整理されたいわゆる学問的なものでもない。それは彼の生活体験と、彼の誠実な直感によるものである。それだけに附焼刃のようなもろいものではなく、彼の肉体から発散するどうにもしようのない根づよさをもっている。昭和七・八年ごろ、プロレタリア俳句が当時の情勢から非常な困難に陥ったときも、しぶとくしがみついてはなれなかったのは彼であった。それは思想というよりも、人間的な誠実さというべきものでさえあった。

誠実と友情、それはわたしこそもっとも多く彼からうけている。わたしは彼の友情によってどんなにつよく今日までささえられてきたかしれないのだ。彼はこのことによって誰にも信愛されるのである。彼がまだ日の浅いつきあいではあるが、石田波郷の人間と才能を惜んで蔭ながらその病床

につくした心づかいは、はたで見るわたしにも涙ぐましいおもいをさせた。（石橋辰之助にたいしてもそうであった）

夢道という男は、こういう複雑な要素をもって統一された人間である。しかも彼には太陽のように無限のエネルギーがあり、それはつねにあたたかい。ここから彼の多様な作品が力づよく生れる。彼の俳句は、そういう夢道の歴史的な成長とその多様性をしめすものとして、俳句に関心をもつものに多くの示唆をあたえるであろう。

彼の作品については他の人々によって書かれるであろうから、わたしはふかくはふれない。ただ一ついいたいことは、彼の創作力は、彼の精神をささえている肉体をもってぶつかるところにうまれているということである。彼は俳句をじぶんの肉体のなかからおしだそうとしている。彼は俳句という形式や、文学といううつくしい名によって束縛されることをこのまない。まるで爆発する火山のように、そういう外からのものをぶちやぶろうとする。彼が性慾のことですらもおくめんもなくうたいだしているのは、けっして奇をこのんで名をもとめようとしているのではない。ただじぶんをいつわること、かくしておくことができないからである。中期ごろにある短歌のような長い形式の句も、そういう夢道の内心からの身もだえのあらわれなのである。こういう傾向にたいしては当時われわれのあいだで相当きびしい批判がなされたものであるが、それにたいしては相当ながい苦悶があり、その苦悶によって彼はさらに飛躍した。その後彼の作品はだんだん落つきをしめし、形式も短くなったが、それとともに前々から彼に見られた一種の象徴的手法、心理主義的傾向が見えてきた。このことがいいかどうかはいまにわかに断じがたい。しかし、それはひとり夢道だけの問題ではなく、このことから俳句の歴史的性格および形式について一般に考えられていいことであろう。

ともあれ、夢道は俳句と格闘している。俳句が現代の文学としての位置をしめるまでには、われわれはまだまだその歴史的伝統とたたかわねばならないであろう。夢道はその一人としておそらく格闘をつづけるにちがいない。それによって俳句はさらに新しく書きつづけられてゆくであろう。

これは句集が出なくなったため、「俳句人」（一九四九年六月号）に発表したものであるが、いま読みかえしてみても、二、三の字句や表現はべつとして、大筋はたいして書きあらためる必要もみとめない。もちろんその後の夢道の発展はあるが、その方向がかわっていないことは作品がしめしているであろう。

最近石塚友二氏がある新聞に「古風な俳壇の現状」という一文を書かれ、ただならぬ現代のきびしい現実にたいし一般俳壇が無感応、無風状態であることを慨嘆したのち、夢道の

貧乏桜よ東半球は千四百万トンの春の灰降る
貧乏桜よ春の雲かよ三十二キロの放射雲

をあげて

「これが俳句であるか否かの問題はしばらくおくにしても、とに角ここには今日の日本人の見開かれた眼があり、人類悪に対する人間の正当な怒りが放たれていることだけは確かである。そうしてこの作者はまたこの作品によって、有季定型俳句の作者たちにも同じ怒りを促しているとみていいだろう」

といわれているのは、現代俳句のありかたと、作家夢道にたいするふかい理解からでた含蓄のあることばだとおもう。野間宏氏がこの句集のためにいろいろ支援をあたえられたのもおそらくはそれに通じるものがあるからであろう。その意味でこの句集は、俳壇のみならず、ひろく文学の上で、とくに今日の国民の文学として注目さるべきものだとかんがえるのである。

栗林農夫

二十代

層雲入門

大正十二年

酒の香のするこの静かな町を通る

ぬかるみの路を行くつくづくわが貧しき姿

さんらんと光りに浴びせられ夜を働く者

船頭の石炭がよく燃えて夜汐があげる

太陽に見捨てられて汚れた机の上の仕事

じつとりと露けき虫の新しい夜があける

故郷と兵隊生活

大正十三四年

柑樹色づく貧しき父母の許に帰る

父に淋しき事云われ褪せた蚊帳に入る

ここはすみれの花咲いて私を睡らせていた

繭煮ゆる夜の匂いを忘れず

東京へ戻る

大正十五年

朝が凍る汽車に乗つている
怒りの前に私は草を見ている
東京から出て行きたい月夜です
青草猫がやせている

なげき持ちし日の雑草の実

暮れはやき梅のつぼみ

雪かかる豆腐切つて貰う

桜ほろほろ夕闇となる

炎天の石に汐が満ちる

夏草そこまで茂り母といる

障子張り替えているきのこ売りに来ている

つる草花もつて工場が閉鎖している

濡れて浜から雨のさかなを売りに来る

落葉する林まで見送られる

山なみへ夜の白らむ冬の旅する
君と逢う古里のおちばの中
浪音のゆるい冬陽の蜜柑ちぎつている
日ぐれのトタン屋根がしぐれてきた
夕汐みちる寒い星がでてきた

汐がひききつた枯芦刈りに来ている

雪のガード下で夜の熱いたべものすすらせている

砂糖きびかめば甘いふるさと

池に氷がはりつめたまま陽は藪にある

ひさめふる撞木のつなにつかまつている

海苔乾くにわとりが遊んでいる

雪ふるつりがねのちんもく

青ぞら片目を病みて

君は疲れたらしいかれ芦の葉が光る

笠に雪つもらせて来て冬のしじみか

蓑着て街路樹へ大雪搔く人たち

春さむ、まつばたく松林の中

野心時代

昭和二年

僕を恋うひとがいて雪に喇叭が遠くふかるる

なぜこう淋しいんだ春の雪が流れている

なやみある私が犬を呼んでいる春だ

夢があるいている行きどころ失つて起された

くじやくも春のまひるだ

ずきん目ぶかく雪に郵便くばりゆく生活

犬にもの云えば尾をふる木の芽ぶく中

どう考えても気のどくだ春の雪が光つている

神戸の海が街へくいこんでいる汽車が着く

こんな夢を見た私の恋があなたの恋と苦しむ

ふたりに月がのぼり椎の花ちつている

そら豆の花に日ぐれの子を泣かしてある

くさのなかなるきいろいはなのははこぐさ

ひるすぎきんぎょううりのこえのゆきすぎるおんなよびとめる

恋のなやみもちメーデーの赤旗を見まもる

街路樹は芽をふくメーデーの行進はつづく

めだかおたまじゃくしといる
椎の花、入り江を蝶がこえてきた
ひらくはな、しぼむはな石がやけている
つづいて大潮の筏を入れてくる
ばい雨の雲がうごいてゆく今日も仕事がない

死んでいる螢籠つるして二三日はすぎた

まつくろな牛が日ざかり道いつぱいにくる

うつむいて炎天の草を刈る風がうごかない

刈ってゆく草の匂い乾いてゆく草の匂い

うつむいて草は一日刈る土用浪の海に近く

低い家に住み熱風の草を刈る毎日が仕事

恋愛時代

昭和三年

思うまいと日ぐれのパイプの穴を見ていた

ふたつは桃くりやの水に浮かせてある

人の世はわが生きの悩みいれまじとする夏雲を見ている

炎天の砂をあびていた雀が俺の顔を見た

考えることをやめてまつくろの太陽のもとにはたらく

どうしようもない心もつてきた月夜の砂の上

飴うりが飴うりに炎天に笛をふく

ねているからだに日ぐれがきて妻がいない

塑像のこわれたまま月夜の地にある

虫をなかせて家うらの家に虫うりが帰つて来た

けさはほばしらが見えないほどに隣りの屋根から霧がふかい

つまらない帯剣の音が通つた街路樹のねむがねむつている

おもたい頭が枕の中の氷の音をきいているぞ

家を出てから大きい橋をわたるたのしいまいあさがある海がある

せつなくて畳におちる女のなみだを叱るまい

透明な温泉《ゆ》壺に沈ませている裸形の恋人も

あかい太陽にしたしみはなれがたないふたりはいる

己をののしつてたなごころを枕にしたさびしさにいる

谷音の夜があけている山が赤い柿の木

にぎやかな夜の裏にくらい大きい屋根があつた

街の騒音から太陽が沈もうとする大きいしじまだ

女と傘さして大きい音のしずくする木の下に来た

誰もいなくなつた網の中でその顔の猿がつまらない
働くよろこびがあつたさむい火が燃えていた
故郷の冬へおくる金がない大きい日ぐれの国旗であつた
ののしつてみては己を枯草の夕日につれだつ
ふたりで死ねる心であつたふたりが生きている冬が来ている

幼い記憶にいるふたりで蜜柑焼いて食べては幼し

杭うちの女ひるめしにする太陽が小さい

猫がねている下駄の歯いれているあきらめ話

結婚以後

昭和四年

遠い船のけむりがゆききする埋立地の枯草にすわつている
足をなげだして夕陽の枯草の影が出来ている
夕陽の砂にふたりがあるいた跡をのこしてあるいている
泣くまい妻の火によせる顔がやせているのも

網の中から渡される今日の仕事の銭をのせている掌

五円着いたと兵隊の弟から寒いたよりが来た

潜水作業の水のおもてに沸く泡を仕事がなくて見ている

臥ている妻の母が来て銭湯へ行く五銭にぎつている

たくわえなくも妻をつれてきて暗い映画を見ている

思い出のみつ豆たべあつている妻が妊娠している

下足番のねむい女の子でいて遅い銭湯に来た

弟の死

泣くまいたばこを一本吸う

弟はもう死んでしまつた汽車にのつている

海が暖い島を抱いて塩田の砂が乾いている

泣けるだけ泣いてしまってから彼を葬るに兵営の規則

死亡室の白布の下の死顔もう一度見たい母が叱られる

死顔にもの云えば悲し死顔にもの云わず

夕空、棺うつ石を拾う松かぜの砂の中から

班長も来てくれ骨ははさみ合いこれは軍帽の星章か

骨壺の弟を抱え母と故郷の海見ゆる峠となる

死んで弟は骨壺の骨、峠の海が青しとも青し

骨壺の弟よ兄弟でふるさとの流れや橋を渡る

父とすわり母も来てすわり話すでもない妹も来てすわり

死んで、弟は笑つて父にふりむいて行つた入営の日の顔が別れか

＊

食堂車の花がゆれている夕べ富士が寒むざむとある

大きい腹を見せて東京の夜の上をゆく飛行船です

木の芽、巡査がかこんでいるこれがメーデーの集団とおもえ

すこし血に染つた言葉で人が人に検束されて行く

この集団が動くのだまつかな旗がつづくのだ

子ら問う巡査がなぜこんなに従いてゆくメーデーなの

噴水見ていたか疲れるほどのなやみもつ私で

かぼそきくらしの壺へ追憶の薊を妻が忘れず

もろもろの悩みを捨てて妬りている妻を愛す

雑草に昼寝の風が吹いてここにも人間が余つているんだ

煙突けむり吐いて吐いてお巡さんが白い服になつた

炎天の底からどじよう売りの声が幾度か通るだけであつた

べつとり汗したシャツの不快なエレベーターで今日もおろされている

駄馬のように食まされるもの食み黙つた生活であるのだ
ものうい通夜の星空へ夜業の煙が黒々とのぼつている
明日は仕事が出来るんだ蒸汽を噴いて船がはいつた
埋立地の冬の空虚へ引張つた動力線の太いたるみだ
また死人の夢をみた割引電車のもう寒い音がしている

煙突の林立静かに煙をあげて戦争の起りそうな朝です

離職以後

昭和五年

どこかで何か咲いていそうなこんな日の椿を妻が挿してあつた

牛よりもさびしくてうとうとしている牛は食んでいた

「層雲」を去る　昭和六年

＊

喉が乾いた水をのんでふと貧乏に涙ぐむ

無職の日無職の顔を剃りつつ児が大きくなつてゆくと思う

いく日もいく日も無職の春の私は電車にのつて行きたい

米ぐらの倉庫は閉つていても雀炎天にあつまる

あつと云う間に死んだ電気工夫の賃金や生活を誰も知ろうとしない

一文も無《ね》えと云う戦斗的な眼の色は働いてものんでしまう程の金だ

一日は無職のわが家の階段からくれる

大阪の夜の灯に河はゆれてホテルの灯で妻に書く便りが恋めく

妻をはなれて妻がこいしい六月の夜の大阪の灯や河

逢いたかつたと思う大阪から帰り妻の目も膝も六月夕べ

○

プロ俳句創刊『旗』

搾取されに折り重なつた暗い顔びつしり詰めて東京が呻く朝の電車

人間が人間にペコペコして組織のねえ俺達が搾取されどうしだ

俺達の晩のコツプが贅沢だとうぬ等にこのハンマー食わせてやるのだ

厭だという俺におじぎをしろと親父がペコペコしていたみじめな記憶だ
人足《にんそく》の子だからかまわねえのか子供と子供とどこが違んだえ、　え、　え
考えて見ろ彼奴らのたばこ一本にもつかねえ金でこうして夜どうし血を搾られる
八月一日反戦デモに押しかける兄弟輝しい顔だ
だだっぴろい芝生を、　土地が泣くぞと云う母だ

『旗』以後『プロレタリア俳句』『俳句の友』等に加わりたるも作品発表殆んどなさず昭和六七八年は新就職の薄給生活と斗いつゝ三十代に移る。

三十代

俳句生活

夜はもう秋の抱いた肉体も乳房も胸にまどかな柔肌だつた

精蟲四万の妻の子宮へ浮游する夜をみつめている

やわはだの匂いも汗して夜はしんしんと平和な肉体への嗅覚

妻よたつた十日余りの兵隊にきた烈げしい俺の性慾が銃口を磨いている

拾円紙幣がもつ魅力に生活があつてもう一枚しかないと云う妻

海の慾望をこわれていない蓄音機でこそもつていた

ぐつと空へ流れた大きいスロープが生活への春近い富士だ

君も君も疲れた春の特急車で富士はスローガンのようにそびえ

紙芝居は面白く見ないわけにはいられぬ子らで始めさせる

鉄臭いそれでいて筋肉が柔らかで遅い銭湯のいつも君たち少年工

坑夫つてこんなか芽ぶきや春かい、かかあがあつたか

砲口が静かに動くを重い圧力から別な認識で拝艦していた

病院が妻の命を売り買いするともしないとも思うまい悲惨な熱だ

芽ぶくに咲くにこれほど虚ろにするものか妻の体温表のジグザグ

何の目標もない露満国境へぼこぼこ倒れる夢心地の日もある

咽喉《のど》がひつつるをうつたえようもない空気の黒龍江が胸に横たわる

たちまちさけがたい顔となり戦争が過重な家計を持つものばかりだつた

寒い足が出てシベリアの地図をかぶつて寝ていた夢というもの

おさえがたい震える脚をたてていまとなつた馘首をじつとからだで聴いていた

もはや馘首の涙ぐんだ目に奇蹟もない同僚たちが大きくうつる

寄るとわがくらしとは別な資本が満洲へ流れて行く話か

山が紅葉しそめたそうな月末の机の抽斗

北満鉄道譲渡一億七千万円の慶賀に堪えぬなどと大きな朝の活字だ

まつげ長く妻に似て眠る子をならべ働く妻はいつしんに生きる主張を曲げない

ねだる子をつれその物買つてやれねば買つてやらない、ここから地下鉄の入口

理不尽な冬は生きている社会《よ》にひどい差別をつけて、脚まげてねる

渦も秋の黒龍江を想う私らの生活へ生還のない戦争が胸をしめつける

貧乏な夢がガツガツ露満国境の塹壕を掘つてしまつた

好むも好まぬも万死の毒ガスが草も枯れた黒龍江はもう口がきけない

巨大な重力の下、眼も手も全身の神経が奪われた労力へロープのびきつている
もう頭もがらんどうに凶作の耕地へ雪が暴力的な、指だけは太く
かたい人波へ子ども是が非でもふみ脱がされたわが靴とりもどすのだつた
これが退けてゆく人間のチユウインガムのように吐きだされ、むしろ馴れている
無智で労働より知らないものなぜここに手錠がこんなに春近い窓へ悲想な思惟

ふと手錠を見ている僕の思想のかたわらぼんやり希望のない職務にいる
一ぴきを送つてやるわずかな大きい鮭の階級性が、この一ぴきが遠い肉親の頬骨に動く
何れにせよ不確な、思い思いの顔が黒い傘の下で美しい雪を出勤す
三十分前の十坪位いなわが家をすでに忘れて巨大な建物へ雪を曲つてゆく
同じ朝の小股で女も寒い少年給仕も美しい雪であつて惨めさに別に変りはない

五階六階エレベーターの機略にもはやとじこめられ資本の煖房に忘れんとするもの

無理もない小きざみな安堵がスチームを背に反省のない目を事務へつけている

ろくでもない資本を智慧が立直しては雪の日も貨幣の音をたてて銀行

父の手紙が今年も深い雪のせいだと貧乏を云うて来る真実なあきらめへ唾をのむ

雪にため息した父か、おそらくそうではなく雪は去年も農民に真白く降つた

どんなくらしの事情も切り離しまるで真砂のように吹きつのる雪の力
子どもも妻も雪はさんさんと美しくて、云い換えればくらしの痛手です

抵抗

執着が機械とあつてそれから賃金に影響されて毎日働く手

訓練が感傷を乗り越えてもいつまでも貧乏に引きずられて鰯を食う

放胆にはなれぬ生活をもつて少し酔つて生き生きしてみる

賃銀と切り離された労力の皮膚が汗して震動している機械

ここに働く処女らのその眼その腰の形《なり》も蹂りんされる生活しかない社会

ここに憎悪が、炎天の市街の底に起る鉄の重い音が見えて来る

海へもつれて行かず今年も誰かしら病んで機械が震動してくる畳に

夜は子らに従い聴かせる童話が奇蹟や良い運命の中の妻

夜あけのすき戸からそつと資本主義社会の新聞を入れる音だつた

それから牛乳屋が星子の五勺瓶を入れに来ている音でわが家の朝

ファッショ異変

詳報のない号外で殺ばつな軍の上層部にころされたその人の名のみ

軍刀も兇刃で右胸部を刺す、危篤のままにして省門を出てゆく

殺ばつな後報や陸相の顔に粛然とひげがあつて妻は読むでもない

稲妻さらに尖る暗夜の炸裂にへたへたと子たち妻の貧しき眼

故郷のこと

おいら娘を売つたまでよ、今年も日照らぬ田よ寒むかんべ
売られて帰つたからだから涙がでてくるのを拭いて親を恨らまない
なみだを拭いて、わたしは親に売らせたが、買われてもこれはわたしの涙
父はわたしを金にして戻つて行つた日照らぬ田へ

父をののしつて社会はわたしを売り買いする

○

麦も蚕も藍の葉もここで納屋の柱が痩せて支えているふるさと

近づけば俺まで憎んでふるさとのうちの牛の目

裸に子もだいて何んと生き生きと飲む酒で暗い灯の下

資本主義社会の童話しかない国の絵本さがしてやる

ふるさとは草が猛々しいだけの何を食つて生きて父母

吠えて牛は巨き目をして母に叱られて故郷の痩せ

その頬がけわしい病の兄が働きの最後は両手でうけた喀血

音たてて氷嚙む兄が母の慰めに苦笑した社会

うすつぺらな屋根下で兄の苦笑が尖つたまま死んだ

予備召集

俺たちにまた父のような生活があつて磨かされている銃口

この銃口から父がおろおろ小作稲刈る手もとが見えた、瞬間

くわえぎせる噛みひしぎこらえ安く買い奪われた沢庵が店でこんな値になつている

地頭には勝てぬ母であり金さえ持てば何でも出来る世の中と思いきる

旱魃つづきの生《は》えぬ大根種へ母娘が提灯で水やる夜中の小作畑

大根すくすく育てば仲買が早やもう小作畑を見に来る

十二月の大根畑は買われて村は寒むざむ大根を抜き大根を洗い

馬鹿でも何でも景気よくしこしこ大根漬けては踏み漬けては踏み

玩具にされたようなその値に父の形相が沢庵石を投げて庭が凹んでいる

隣りも自暴自棄に藁打つようで正直一方なその音おかしからず

狂喜のように火にぬくもる短い時間を憎しんでもう離れてゆけばりうりう鉄を削る

鼻をすつていつしんに機械と呼吸が合つたままもう睫毛も動かさない

きびしい荷揚げの荷に頬ずり冬の汗して投票に行かない人ら

少し家賃をため堪えきれなくつて行つたその生活の釘うつてある

シャボンが垢と流れてゆく夜のここに生き生きとして重役や株主はいない

ぐつたり垢が浮いて少年工も老人のそのからだの曲りからも

肩で烈げしく笑い合うここでくらしの息ついている春の銭湯

やつと学校へ行けるわが子の背たけもちさく靴を穿いてゆく

無心に食う子の坐りようを正し飯の白さを妻がもつてやる

一列の低い家から春が夜明けつつ煙がからまつている

もう芽が美しい先祖からある家木も伐り倒してしまう

春らしい夜明けがしてもう隣の足音が伝わつてくる家

渡満部隊

渡満部隊をぶち込んでぐつとのめりだした動輪

どよめきから部隊をもつて行くレールの鉄錆も五月

表情のない部隊をゆすぶつて動輪の狂うが如く

見えまい親が発車の部隊へぐつとあけた掌も

屋根も腐つた町を突き抜けて行く〇〇部隊

生活がここで劃られた如く綱が遮ぎつている輸送部隊

ここで泣く背中の子を汗ばんであやしている兵

守り札も肌身にひとりの兵が真白の銃と何を思う

茫茫と何処へ部隊の中に眼をしばたたいたひとりの兵

歴史的に部隊が西へ行くこの国の資本がふくれてくる夏

徳島北方

小作田を縦横にのたうつて牛と生き六月の農民

麦飯を一塊になつて食う野獣にひとしき眼に米を見ず

これが百姓の汗して食う飯のどすぐろきを匿くそうとする

骨身をくだいてわしら飢饉のように麦飯をこの土間で食う一生

ひどいものを食つて故郷の人は皆死なず笑つているようで

ふるさとは父も中気で生きていて何程の借金で公判に立たさるる母

悪鬼のように母は生き六十年をハダシで何を思う

蛇が枝から垂れて百姓あつく働き喘ぐ息

＊

劇しい下痢とたたかつてその両眼がくらみゆく日照り

税金のかかるリヤカーもみんなわしらには農具でねえかよ

百姓の生きのすがた終身囚の如く老いこけて笑わぬ故郷

嬰児日記

妻よ一職工も抱けば嬰児がやわらかい

掌は鉄にささくれ嬰児と銭湯に来て愉し

混み合う銭湯に嬰児と職工の俺は若い

銭湯に嬰児を抱え俺の手がでかすぎる

鉄臭いわが掌の嬰児かかる社会《よ》を知らず

銭湯で嬰児よまた資本主義社会に育ちゆけ

*

潜水服を着て降《お》りん赤ん坊は生まれたろうか

笑わず潜水夫が休息《やす》んでいる臨港線の短い草

若きもぐりは純きエアーポンプの音の底に
町の春に友さんの潜水服が干してある
ゴム管が一つの肺に垂れている港《うみ》
かくて社会《よ》にこの子らがどんな日記を書くだろう
妻が買い置くヒマシ油の小さき瓶と夏がくる

虚弱児よ薬に慣れて妻がかなし

妻の眼がかなしき吾子《あ》の便を見る

吾子の下痢止まり六疊の間に朝が来る

＊

支那事変おこる　昭和十二年夏応召

呵々と笑い互いに笑い銃をもつ

たばこ一本に命を賭けている如し弾に伏す

あわれ胸のポケットにいつも煙草があるごとく

壺をいれて莞爾とかまどあり夏木立

金が欲しい万之助と道玄坂で別れたり

いくさなお熄まず再び夏が街を蔽《おお》う

笑えず、生死のほどよりも戦さ暑き

激戦は静かに鈍き音がする

かぶと虫を手にこの少年の父いくさして還らず

*

従軍服青し一石路は向う向きその頸《くび》の長し

今や行くその顔や鼻筋やカメラに向いて口が笑う

*

上り框を叩き伏せ傲然と貧乏している父

悲境前

国債が売り出され時計の文字もさみだれる

指輪もねじ曲つて政府に金《きん》を売る日が来た

われら警《いまし》められることが多くなつてゆく雑草猛ける

小作の麦は母が抜いて妹嫁いでゆく

父の死

昭和十四年

あたふたと故郷に帰るいつも悲しいことばかり

私に逢いたい事は云わずに死んだままの父

倖《しあわせ》うすくうすき蒲団に死んで齢《とし》には不足なし

濃い縁《えん》うすい縁ボロ家に父を惜しむや冬の酒

死にし父の歯の跡寒しきせるの銀

昭和十五年

たじろぐまいと思えども思えども冬木のとがり

芸術もすこしは解し妻に叱られて寐る

冬の家を出て妻子と喜劇に笑つている

春の国旗に風やや強く吹く日妻を叱る

馘首うらみ十年骨ずいに吹く春風ありける

聖駕に伏す遺族三万春の土上

四十代

東京拘置所

俳句弾圧事件で
昭和十六年二月五日　逮捕留置所
昭和十六年九月四日　東京拘置所へ
昭和十八年三月二十七日　保釈出所

九月四日わが裸のうらおもて獄吏のまえ

涼しく裸のうらおもてからほくろ写しとらる

獄衣、手に脛に短かきゆえにあどけなや

かなしみの果てはつわぶきの黄に日が暮れる

差し入れの菊嗅げば生れ故郷の雲がある

泣いても獄房涙を噛めばつめたきかな

子供の如く眠るも獄、思い疲れて百にあまる

検事室

わが膝の手錠両手に鳴く秋蟬

宮下検事若くわが手記眼鏡のなか

獄しずか仁丹の赤き小粒に吹く秋風

獄長したえよと妻が云うセル着

面会の妻帰るわたしは編笠をかむる

獄は悲し想念の中に吾子いて走りまわる

全身が書に飢えて冬の日は海となる

大戦起るこの日のために獄をたまわる

大冬空われ一点のごとく獄にいる

獄にいて妻を気丈に思う冬のきびしさ

うごけば、寒い

面会やわが声潤れて妻眼《まな》ざしを美しくす

放心へ赤き足あるきくる鳩の冬

獄の身に不老千年それは土瓶に書いてある

春雷遠くへ落ち錠をおろされて眠る

春燈くらし獄なりミチオヤム

電報が来ても便りが来ても獄の中

鮟鱇のごとく胃袋は何んでも食いたがる

ながき日を諸悪莫作の書に対す

空襲ありその時囚人母を憶うている

獄日記蚊よ人生は難解だろうか

初夏のさし入れべんとうのそら豆

からだはうちわであおぐ

足かけ九年宮本顕治はここにいる私の房の前

鳩のキスに見惚れていしか独房の壁は堅い

難解な哲学の書や目にかぼちゃ

夕方に狂人めきてジャムをなめる

暑しとも暑しうちわの風に痩せてゆく

うちわこそ休むひまなし獄の汗

わが右手うちわのために獄にある

爪のほかはどこからでも汗が出てくる

一匹は枕の中に来て鳴くこおろぎ

編笠をかけて今年も壁の中のこおろぎが鳴く

桃色の装てい、その書が胸に泌みたのし

源二、藤平、榧夫、京三らにめぐり逢う。
一石路を床屋入口で発見せしも彼は気付かず。林二には遂に逢わず。

次ぎ次ぎに相逢う友や獄の秋

妻の手紙は悲劇めかずに来てあたたかし

編笠を脱ぐ時にふと幸福に遇うと思う

元日や獄弁を余分に貰い意地汚なし

鳩が飛ぶ早春の光りだと思いちから湧く

予審に行く護送車より

赤坂の見附も春のべに椿

出獄

昭和十八年三月

二十四房を出るわが編笠にふり向かず

保釈後

再び「層雲」に復帰

男みな征き浜菊に飛沫をあげている浪

浪の大なるは門に燕の帰つてしまつた梁

朝日は軒ふかくさしいり日曜日の足袋を穿く

保釈後判決二年、三年の執行猶予

お濠の水が目に深く目にいつぱいの冬

駸《しん》々《しん》と道東西に夕蟬の鳴かざる日はなし

蔀《しとみ》に赤き唐辛子吊しひようきんに生きている

駅まで送つて貰う青き山の葱を抱え

疎開

昭和十九年秋、
故郷徳島へ家族も疎開せしむ、伊勢にて

おん杉のそびゆる空のふかきより秋日さしいり

肩の雪払い合うて空襲解除の吹鳴の中

燈は蔽うて春の黒い椀から汁をふきて食べる

疎開でおらぬ子の桃の節句に出しておく晴着模様の鶴

敗戦後

十九年三月十日　東京大空襲後自分も
徳島へ引揚ぐ其の間句作せず
昭和二十年秋以後

人も牛も車もすすむ霜のきびしき光りの中

すこしのこつた戦禍の柳はなやぎ銀座早春

春の雪べたべた融けて今日から新円の世になる

桃さく妻から赤ん坊をうけとり門へ出てゆく

終戦二十年の九月六日疎開先故郷徳島にて妻十四年目に次女を産む、浩佳と名づく

浩佳育つ

もう笑う子を抱いてちゆんちゆん雀の柿の木芽ぶく

蔓の白い花おちると豆が幼くついている

炎天くろぐろとゆく蟻に音楽起る

炎天の光へ水をさげてゆく

そのようにして秘めごとの化粧直している風鈴

赤いふんどし一本で金色の神輿を愛す

アキ罐の中でえんまこおろぎ大き目をして全身で鳴く

俳壇復興

敗戦後、俳壇に俳句作家の気運往来し、新俳句人連盟結成これに加盟す。昭和二十一年

村は新緑戸籍に死にし兵帰る

うすい歯が生えてくる子や桐の花

夏鶯

雑誌『俳句人』創刊

とにかく過去を捨てに夏鶯の旅にいる

いくさなき人生がきて夏祭

もし人生が祭であればまたさびし

汗を目に元先生よろめき山形の米負い帰る

人民はいつでも苦しいとえんまこおろぎ

落葉集

渋柿に梯子をかけてことし七十五の母の生涯

落ち鮎五六匹貰うてふるさとの朝の火の上

桂離宮

遠州が敷いた石の上を子を負うて妻もくる

龍安寺

どうしても深い感動が起らないのが一枚の石庭

川に寒鮒を突く一瞬のこころ直《なお》しく

寒ん夜の書きものとぎれて水道の点滴につながる

憎しみも悲しみもない負うた荷の重きは芋

ぎつしり芋を負うて人間臭い路地へ戻つてくる

近頃接吻する事もない妻が子を負うて笑つている

食うだけにがさがさ金がいる妻が目を見合すかな

除夜の鐘いんいん悪政治の百円札は新聞に包んでおく

元日くもり二日雪三日晴れむつきが乾く

春の雪ふり子が叩くかがり緒の赤い太鼓

銀座八丁つきてアカハタ及び夕刊買う

作りたいいつしんに肥料の詐欺にもかかり馬鹿を見た

老工

わしらの世は糞面白くなかつたと老工片目の涙ふく

どうだ近ごろのめるかと老工片目で酒を叱る

酒五合配給あり老工貧乏に坐り片目でのむ

銀座

銀座十字路十字にせかれ十字にゆく笛を吹かる

生活日日に衰えここでズルチンしるしが流れこむ胃袋

銀座にも子供がいるぞ屈せず砂に汚れまろぶ

なにげなく釦四個売れて商売露天におこる

反動をにくみ地下の酒、屋台の酒に脳天しびれ

子供のとき母は卵を肺病の兄にのみ食わした

卵よ卵よどんな世にお前はどんな位置にいる

妻よこの卵牝どりは貧富のために生まざりき

二人とはない妻と二つとはない世にいて子をあるかせる

現実は暗いが亡ばぬ考えの目の中に新樹をいれてゆく

わが生き振舞いの妻子ときて海のうごく中で泳ぐ

おまえが才覚をつくしてもうすぐろいこれはパンだね

うごかぬ川が流れていて橋の上で夏帽が日をうけている

水は子がさきにのんで手造りのパンで遠足の木のかげ

芋を負うて雁のように人には急ぎ帰る家がある

無礼なる妻

無礼なる妻よ毎日馬鹿げたものを食わしむ

あれを混ぜこれを混ぜ飢餓食造る妻天才

妻の留守に押入れをのぞき驚き飢餓日記

すいとん疊に下してきて不服を言わさぬ妻

子らの頭よ大きくなりて大食す

上等なもの食わぬ事が落ち目じゃない頑張り

この飢餓食茎も葉も刻み込み食う妻の論

路地口へ大食の子ら押しもどる

なにげなく人は四方へ　私も一方へ帰つてゆく

食糧難つづく夕餉鶴のごとくにのみ下す

生活が楽になりたいと人は東西南北に

ふるい泥鰌やが生きていてどじようでござい

希望をもち絶望になり私も世に食い下る一人

生きて死んだような勇気がいる生活の前後ろ

楽しみは一つ一つ食べて猿のように淋しい日

ぶつかると不平だらけの人にすれ違ってゆく

苦しい世に目をはりて見る雲が段々にある空

めくら滅法に働いて来てほら穴のように深い空

生活、二三杯食えばことたる人間を怒らしむ

まずい物一点ばりで死ぬまで生活の花束なし

無気力や日日鳴かず飛ばずに暮している

世の中や金も欲しいが一度大声で笑いたい

苦しいぞよく見よ妻よ泥鰌は裸でいる

どの家も入口があり苦労も共に出はいりする

二年三年十年でも生活なら細君行列にいる

わが現実に縁遠しよしや買えずも見守れり

欲しい物目の前にあれどわれらは笑い去る

不自由やどこへ行くにも人間胃袋をもち歩く

生き甲斐があるのか古来人間手を振つてゆく

鶏頭が血よりも赤く人こんにやくを食い終る

生活的に苦しいが新しく生れた子は可愛ね

月皎々と貧乏一と月づつ切り抜けてゆく

貧なるくらしのために菊恍々と咲くや否や
すりへりし靴裏のはるかな上を雁わたる
誰が父も幸福をさげて帰るかのように火点時
さんま食いたしされどさんまは空を泳ぐ
東京や働けどさんまも食えずなり果てし

日日の愛撫粗略に夫婦は貧に明けくれぬ

人心巨木

搾取のない世が来たように花屋に菊あふる

落葉するかされど人心巨木のごと

芋を食うて日日赤貧に近ずいてゆく

芋吹いて食うて両手で貧につよし

天が不仕合せをたまわるごとし芋を食う

今夜は処女になりそうと霧に火を吸う売春婦

ごちやまぜの物食えばこん夜の夜が片づく

でんでんむしや思考の果てに螺旋の家

歳月や卵握らされたように暮して来た

生活に潰れた判赤ん坊の届けに押す

断崖や絶望のために由来絶景

再読やつねに力作巨木の如し

鶴は曇らず

鶴は曇らず目を一ぱいにあけてわが妻驚きぬ

梅ちらほら古風に峨峨と鶴の脛

妻と希望に近づいたように鶴を見ている

鶴の腹にのみおろさるるや泥鰌真逆さま

鶴の美しい目ふり向けば妻が手を握る

その目、昔恋ふかき妻目をするや鶴動く

滅多には握る日もなく握ればかたき妻の掌《てのひら》

鶴よ人の貧今日にはじまりたるにあらず

貧乏人をじつと見て鶴よ馬鹿馬鹿しいか

梅園の鶴は曇らず人間の自嘲うす暗し

こがらしにくらしめいめいばらばらに

冬、考えたい事だらけの人を猛烈に運び去る

四十五や働きざかりだが目下の貧さけがたし

元日や妻子四人が近づけばまた幸福遠く去る

冬の日を亀は甲らにのみたまわる

ああ亀よ貧乏の自覚にじつと人たえず

金色の目をあけて亀不思議そうに沈んでゆく

翌日も翌日もなぜ働きにゆくの面白いの

妻よキリストは林檎の皮をむかざりき

シルクハットわが家にありてたのしきかな

貧乏を僕に云いに来ても貧乏に芽が出ている

月給にさわり　春が　指頭に伝わるよう

もう春だなと火吹竹に息を吹込む火に吹込む

貧しくても　疲れたゴム紐のように家に帰る

人もつと困る溜息を吐き桜絶望のように散る
藪から棒のような、来た税金に百姓しんといる
働いてきて百姓むきに飯食いどうにかなるさ
天から命令が来たと思い百姓納税の決心つく
ずんずんゆけどもゆけども若葉の中に人困る

窪田君の死ぬ前

死ぬ前隣りの病人に度々粥米を貸してやつた
死ぬ前妻子が養える月給をとりたいと言つた
死ぬ前でかいことはしでかしたくないと言つた
死ぬ前妻子にとんかつ一つ食わせてやれぬと言つた

死ぬ前近所に生れた仔犬を一匹欲しがつた

世に妻子をのこし位牌になり妻子は楽でない

生きついで

泣いて戻る路地に子をだく濡手の主婦

主婦のねむり寝言の子より深からず

どんな幸福でも来る如くラジオ音楽の朝悲し

路地はみな裸、貧乏人は楽ですずしそうだろ

ね、そうじゃないか物好きで泥鰌売り歩かず

考え深さがなくて泥鰌売るのじゃ生きついで

こんな世から足を抜いてしまいたい抜けまい

煮干の頭引きちぎり食うて人自暴自棄ならず

石橋辰之助の死

病勢、のがるるに乗る馬なきが如の辰之助

金策なき辰之助を億兆の菌が肺を食う音

焔なす辰之助の手を握り生死の苦痛伝わり来

いろんな苦労

石けん工幸福になりもせぬ青梅の尻日日見あぐ

論争は悲しく酔うて友も知性は梅雨によごれ

働きたい履歴書の青年よ炎天すうつと帰りゆく

議論して帰り薄暗い妻子を嗅ぐやすけとう鱈

すこし臭いねでも食べろ勿体ないすけとう鱈

夕飯よヒロチヤンもすけとう鱈が好きだねえ

すけとう鱈食べられぬ人もあるなり働いても

『辰』ちゃんの思い出

大人びた君をいつの間にか「辰」と云うほどに仲よくした

連絡めいて行くと君は大抵人より残って何かやっていた

僕が遅い日は君の帰つたカードのタイムをしらべて見た

カストリはからだに悪いと君は言い今夜は少しだけと活々した

ぜたく言うなと君にとんかつ屋を或る晩僕はふんぱつした

月給の足らぬこと金が欲しいこと苦心を君は僕に言いつけた

ズックの鞄を君はさげ借りた女傘を脇にして僕に腕組みして歩いた

職場配給のたばこをうまくもないのに君は大事に僕にくれた
悪かつたがまさか君が死ぬほどの病と僕は思わなかつた

新しい不安

目下十円の銭湯よ新しい希望でも湧いて来い

一会《え》の貧友カストリに嘘云わざらめ木の腰掛

夫婦新しい接吻をして元日の不安を埋づめる

花、風を迎え何の秘密もあらざるなり

ひょうきん譚《ものがたり》

豆、根を発すや剽軽の原因貧に始まる

ひょうきん者に古来利あらず春風ふく

わが剽軽じいつと猿と見くらべ見る

虐ぐるや貧に屈せじ剽軽は天賦の顔

ひょうきんもの四十の妻に日日叱らる

もぐら掃蕩し得ず農夫農夫に笑わるる

剽軽ものの馬の空腹は堪え難しと思う

鉋屑ひょうきんに炎えて人体表裏あり

花見に来て湧くうらかなしみや人の中

よその人の食べものを見るな花ふぶき

花ふぶき塗り絵も剝げたわが子の下駄

花見ずかれ妻子のねがいごと一つ果つ

胃袋物語

職工五千、その胃袋が何を食つていると思う
胃袋の独語、よくぞこんな物食い笑つておる
銭湯から帰り子らの胃袋は紙芝居の夢を見る
人死すや胃袋のことは言わずに棺に蓋される

月島

おたまじゃくしの如くいる子の路地に心富む

子がろう石で丸を描く路地にかなしみ多き親

はつらつと右左違う下駄はく子もじゃんけん

路地しずかになるや黄金バット始まらんとす

梅雨明けの子らかけ戻るまま犇犇食う

濡れて店先きの青唐がらしは清貧なり

昔、青唐がらし好みし父も富まざりき

愚かしや生ビール旨しと思わざる者は死ね

子らの声路地毎に永き黄昏を埋む

月島や夏犇犇と阿鼻叫喚の夕餉どき

朝汁によければど呼ばじ浅蜊しじみは通り過ぐ

なつとう、なつとう、なつとぅ売りも呼びとめず

大人も子もキャンデーは尊敬せずに滴り食ぶ

青斑の西瓜買わずも、うまいにきまつておるぞ

生ビール薄き月給にてぶつかりけん

炎暑きびしく候えば妻はますます不束もの

がつつきし子の寝すがたが妻に天使のような

炎天を大きな腹でくる路地の妻女と目で挨拶

下痢休暇

妻の愛嬌にも誘われそうもなく下痢して暑い

下痢疲れの新聞記事の裏を見ても腹が立たぬ

下痢疲れ本読む力などへちま朝顔も萎れ照り

全身で下痢して下痢より寧ろ不安な下痢休暇

三日四日下痢して絶食天皇の如く卵いただく

催促されるよう下痢で疲れた足で勤めにゆく

三日四日下痢して大貧乏の炎天をうちかぶる

暑気あたり下痢茫々ノーモア・ヒロシマズの日

食う物を裸で取り囲んでそれが旨くねえんだ

山が割れてもたまげねども税金どうすべ

故郷の悲劇

蚊柱や豊作の山川暮れて故郷の母娘不和の家

光度の弱い裸灯の下に芋麦飯食う故郷の親子

夫のない子を産み子を負い泥手泥足で立つ妹

牛よ十年この母娘と其悲劇に物言うことなし

妹と母うち解けぬ故郷の牛の大きい静かな目

老いても子に従わぬ母の頑固の故郷の秋茄子

京都苔寺

君の現実に関わりない苔寺の苔見に伊勢友一
乞うて百円おいて潜戸から庭一万坪の苔の中
妻の愛情の如苔寺の苔やわらかにビロードに
苔は重なりうち静まり働く者の如樹間に充つ

正成の忠誠

柳芽《りゅうが》悲し九年まえ僕は転向書に忠誠申しあぐ

柳芽の橋子と来てもう忠誠を誓わなくもよい

春の藁屑たれて正成の馬のしっぽは雀の知慧

春風や明治大正昭和いま現神なし孤児あまた

正成の話馬鹿げてどの松の芯も天指しのぼる

名無し草

大学卒業証書一枚血縁故前途あるかと錯覚す

桃の花桃色に咲きどつとレースに総立つ息

レースおわる人の智慧桃の花咲く野によごれ

妻は最愛なる人間である

鷺毛の降る早春の夜や妻の裸身に触れんかな

春燈に妻の他に妻なく泣くも怒るも嘆くも妻

絶望や戦争にわがゆく日妻表裏なく打泣きし

夜明けの逮捕僕に靴下も二枚重ねて妻乱れず

われ獄のとき千日千夜妻の微笑が来て曇らず

ついに富まず貴女をば飢えさせぬと恋した妻

子を負う妻に寄り子にもせつぷんぼたんの前

子を負いて嫉妬の妻そうして涙を目にためよ

妻よおまえはなぜこんなにかわいんだろうね

眼底の牡丹のごとし妻は最愛なる人間である

山紫水明

糠星や一家うどん汁食べて月島はせま苦し

銭湯や大嘘もつけず無職の首を湯の上に

日曜日のように銭湯の湯ぐもりに無惨無職

政府に首切られて以後皆無職のままメーデー

何もかも金で貧乏する世の中疊も剝げておる

酔わぬ夜は黙つた魚のように人に混つて戻る

花が茎からちぎれるように雪ちやん失業す

四天梅雨に路地の栄坊死にし香奠飯粒で貼る

栄坊は注射もされず死んで二疊で昼寝のよう

金がなくて医者が来た時は栄坊息が切れた時

お袋が泣いて栄坊のお通夜になる青枝豆の莢

21回メーデー――人民広場にて――

メーデー十時ぎつしりぶち込んできた六十万
突きあがる心を歌にデモ列中にいるメーデー
ぐつと延びメーデーのデモ戦列は大きく曲る

鯖《さば》

鯖はみな口閉じ思い通りに死んでいる

物を云わぬ鯖十三円の梅雨の街

五月雨や鯖の斑《ふ》は果して貧に親しむため

戦争よあるな路地さみだれて鯖食う家

弾圧の怒り静かなれば五月雨の地を抜くや

弾圧続くさみだれは江東区を低くして降る

*

亀戸や土用照りの利うすき飴が激し煮ゆ

亀戸やなげくなし力草とびとびにひる焼酎

亀戸や日まわりの花終りなば地にうつ向き

夏よキサマは洗濯ぼろ乾かすために又来たか

弾圧来劫暑劫雨日共分裂以後不明

江東区荒草そよぐのみ驟雨の鞭

驟雨の銀へ少年飴焚き目をうつす

江東区さみだれ電車鯨のようにゆく

*

涼しさや黒き朝顔あるべからず（三鷹事件判決）

菊秋心

食いものの香にうたれ秋夜あかるし鶴見の街

働かぬものも多しとや幹を上下の秋の蟻

病者ならず秋夕べ癒ゆるがごとくのむ焼酎

飛行機の音は悲しいが花屋の菊に灯が溢る

千百の菊に惚ける人々に平和よあれ

法師蟬の一匹はたしかに泣き笑い

わが秋心汽罐車の熱き威に迫らる

寒さが汽罐車のような真つ黒い形《なり》でやつて来た

ぼろタクシーよ俺は乗るどころじやない十二月

平和よこよ淫売かも知れぬけど人間狩られゆく

大工の娘

たとえ大工でも娘がパン助になる世とは何んのこつちゃい

ろくな子がないとこぼしこぼし大工の女房また妊《みごも》る

わが娘《こ》に来た外人に片言利《き》いて大工最近目安がつく

妹がパン助じみると怒つた兄も最近仕事にあぶれがち

貧乏正月

昭和二六年

七文半の吾子の白い足袋にあした正月がくる

今年どん詰り世もどん詰り百八滅の鐘をうて

貧乏正月でもいつも神代藤平が来て元日なり

正月、もう糸しごく音は過労の妻と思われず

寒ん星の知慧

金借りそこねて銭湯のペンキ絵を見て温《ぬく》もる

見えぬ背中を君が叮嚀に流して呉れる大晦日

元日やこんりんざい劫爆あるべからず

世界危機の正月の朝湯の身一つを愛する

ちんぽ皆ぶらさげ正月の朝湯も去年の顔触《ぶ》れ

目方が重くならぬ体重を量ってそれもそうだ

正月の朝湯で幸福になり花屋の菜の花や雪柳

爆死の人間の様な正月の鶏の裸を売っている

みんな困る事が多くて正月のお天気だけいい

寒鮒売りに来て買えば目方をごまかされとる

おつなものだが薄情な味の蕗のとうである

夜々の爆音寒ん星の智慧は瞬くより知らず

紅梅絵巻

黙約のために紅梅は才智の花をひらく

花芯夢の如はぐくむ梅の淡紅瓣

紅梅を見し目を妻の眼《まな》差しに

枯れ園は紅梅といま来し妻の唇と

妻に似て子も紅梅に黒い眼差し恋慕型

辛い思い出は言わずに妻子と温泉《ゆ》壺透明に

朝日さすや紅梅のゆたかに色がもどつている

厭な戦争に生きのびて来た妻とは二度の梅見

吹雪と鶏

ストのごとレール埋めて吹雪の波動鎮らず

吹雪いよいよ真剣に風速と雪と何れが迅し

交通途絶して吹雪に捕虜となる剽軽者

幸福になるかの如く全身の吹雪うちはたく

吹雪の中戻りしためによき一言妻より生る

吹雪を見ている鶏を殺して食う気になる

殺す鶏に吹雪を見せておく

鶏の首折られて吹雪海へと降る

千里芽ぶく

千里芽ぶくわが日日の無職仏は笑いもせず

溝べりの草もリアルな花をつけて星を思わす

どの木もどの木も自信に芽ぶきエメラルド

破壊の音か木の芽の音か生活《くらし》に春が来る音か

銀色に日を把握して芽ぶく櫟林は革命色

絶望を押し出すように芽ぶいて来る木の動悸

金もない僕に金借りに来た男と春の表へ出る

愚図愚図していた木も芽吹いてしまつた

花も散り果て願望皆啞の夢と百姓の妹の便り

艱難を忘れるため啼いて雲雀は口ごもらず
やせ細りやせ細り声搾《しぼ》り雲雀は空へ深入りす

薇《ぜんまい》の渦

真直ぐに伸びる為ぜんまい千万の渦

ぜんまいや思考の渦を立ちのぼらす

山の子らぜんまいの炎《も》ゆる思索を妨げず

いそげいそげ薇の渦とわが新たなる発見と

猛烈に生きたし見よぜんまいの炎の渦

ぜんまいの思索爆音が来て突然破る

麦

食わぬ野郎にもまばゆいばかりに熟れた麦畑

子育てはすんだか雲雀よ麦は刈らねばならぬ

麦秋の起伏目に泌みこませ希望もちつづけよ

金の力ではどうしようもないように麦刈る男

損であろとなかろうと麦刈る鎌はよく切れる

片目の鶏はよう拾わぬほどの米混ぜた飯食う

四六杯麦飯沢庵でかき込んでふんぞっている

梅雨終るとも

サラリーマン旱魃のごとくごくごく水

八面玲瓏と蟬鳴いて磐石の意志示す青年

昼くらし烏蝶ひらひらし雲の崩壊する音

梅雨終るやどの家家も不図幸福に似た錯覚

梅雨おわる十本の汚れた爪を切り飛ばす

梅雨終るとも妻は変らず人の反物裁つ仕事

兵舎長屋夏草に燈ともし出帆真際の船の如し

ぼろすだれ燈に丸見えに一家うどんを輝かす

講和

全面講和平和投票頼みこむ汗の青年工

泥鰌汁

泥鰌汁になる為泥鰌のきりきり煮ゆを悼む

泥鰌汁旨くて叶わぬもの汗に饐えて戻りし者

閑話休題汗して食うその泥鰌汁熱きため

露

渡鳥最大多数爆音嫌いなり

路乾き力芝とびとびに近飯《ちかめ》の男と会う

誇張もなし長屋薄屋根月に激しく露

世にうとくペンキ屋根露ぎらぎらと貧一生

いちじくや露雫する軒に夜勤の人帰る

屋根うすく露の涙垂らすは一夜ならず

貧一生さんまはらわたのまま羞《はにか》み食う

雷の香

ぴしりと雷火眼前に匂いを発す

雷の香にうち犇がれてより陽気になる

雷《いかづち》やとどろく時はにおいなし

雷の香の余韻鮫食う時のにおい

さけうべからざる雷、馬一頭の死

ざくろ

わが命の溢るるいま美しくざくろ裂く

ざくろ熟すあまたの星を吐かんとて

石榴割れば歌声アルトとともにピアノの音

爆音のとどろく為ざくろ裂くるにあらず

＊

大根や古来芸術中毒することあり

木の暦

木のこよみ金貨のごとく散り初むる

金貨ならずも老女は落葉ゆたかに踏む

黄金《きん》の落葉のように人の暦はきわまらず

戦時獄で見た馬蹄急就《つわぶき》草の花は嵐の暦

味噌汁や春菊の青も冬の風の中

夢地獄
――俳句弾圧事件の思い出――

からす猫よ汝《な》は真黒《まつくろ》の夢を見るか

ジャムのよな暖く甘い夢など人にはなし

獄の夜は水泡《みなわ》の如く夢を吐く

昭和二十七年

＊

元日やパン食うて寝ている人民よあるな

猫が踊つているのではない上顎の餅の為

味噌壺の回想

古妻よ味噌壺は味噌を入れとく壺である
汝が若妻の日なり夜店で買いしこの味噌壺
変哲もない味噌壺より朝はわが家に抒情起る
この年ごろ味噌壺に味噌がある喜びを発見す

黒い花びら

春のエスプリよひらひらとお玉杓子は誕生す
おたまじゃくし生れふる沼胸さわぐ
黒い花びらのようにお玉杓子は泳ぐもの
お玉杓子はうれしさ怺えきれぬように泳ぐ

古沼のお玉杓子は春の楽譜か夢の子か
澱んだ水の友情をお玉杓子は胸張り泳ぐ
黒い花弁の身を寄せ合うお玉杓子に戦《いくさ》あるな

さくらもよう

不服の積る世にいて人のする如く桜見にゆく

戦後桜ょ人間の心理複雑化していんぎん無礼

智慧の炎にも似て桜通り魔のようにも咲く

桜花大模様自由流露に思想の旧《ふる》さ散りしく儘

咲いて散る桜しんとしづまり爆音に散らづよ

花冷えの人らを桃色に夕日が少し柔らげる

樟のほのお

政治を信じられない日は青年青葉の塔を描く

浮浪児のいる塔は石黴《かび》の匂い片面講和発効す

五月片面講和発効して皆敵と味方の如し

独立とかやでんでんでん虫生れ小さき渦もてる

葎茂る

葎茂る戦犯ら水の中から濡れずに上り独立国

葎茂る労働者はストのほか失うもの持たず

メロンハネデュー千円旨いだろうが退屈な静物

汽車に遅れるような不安、なすやかぼちゃを食う毎日

なす南瓜食うていづれにせよ独立の錯覚だよ

幸福つて事と違う、妻電燈を消し路地さみだれ

社会《よ》を理解せずに子を生み、葬り、貧乏路地

「びんぼうよう」土用鶏路地すでに暑気籠る

花火地獄

「戦争よりはいいですよ」気も軽々と目には花火

金色の曳光重し天へ花火は陥ちてゆく

天の闇ある為花火の色が若々し

みんな幸福をとり逃がした顔花火に責任なし

一九五二・七・二六玉川亀の子山で一
石路、藤平とともに

金なしこおろぎ

金なしこおろぎ思想も変えず鳴くはよろし
こおろぎは熱声を張り少年の如く懐疑なし
こおろぎはエレガントな夜会服着けずに鳴く
玲瓏と声は濁らずこおろぎの仲間統一す

地に伏して励み鳴くこおろぎのみならず
人も生涯こおろぎのように鳴き疲れずばよし

洪水

胃袋が暗いのは満月の洪水の為だろう

昨日の藷を食う旨さ洪水の風の中

只壮観というべき洪水の屋根に這いだす

天災不可抗力かも知れず洪水に日が照り出す

昨夜の牛を洪水跡へつれて戻る

菊千輪妻に寄り添えば吾子分け距つ

三鬼の玄眼

西東三鬼東京へ来る。月島一宿

三鬼の玄《くろ》眼きらりと吾らの焼酎を警《いまし》めず

淋しき男不死男に警められ焼酎やめんとのみ

三鬼不死男に妻が酷訴寝た儘朝は酒嫌い

俳だんや西に病誓子東に草田男蛙《かわず》の顔

凩の男

「こんちくしょう」凩が吹くと故郷を憶いだす

父母の負債や古里の凩に村を押し出さる

「ほらねクリスマスの七面鳥を目で見なさい」

キリストよストの人らにも七面鳥を食わしなさい

貧乏ごよみ

焼酎に酔えばうす汚く友をののしる貧乏癖

喧嘩やめよおまわりさんは貧乏服に手荒いね

箪笥本箱椀茶碗天井下の貧乏神仏壇の花秋草

瓦斯屋電気水道料取りが来金の要《い》る理由《わけ》だ

元日の話

昭和二十八年

君のもうよ元日から映画で泣いたり笑うより
君よそうや元日から北鮮爆撃に行く爆音の話
君よそうや元日から再軍備じゃない保安隊の話
君よそうや元日から涙で曇る一家不和の話も

君食おうよ元日の雄鶏がうまいか牝鶏が旨いか

紅梅白梅

月明来りて梅の一輪一輪に光《かげ》とどまる

大きな幸《さち》が来たように紅梅は朝日にときめく

紅梅は処女のように謬《あや》まらずにはなやぐ

夫婦二十五年《ぎんこん》渝《かわ》らず紅梅の色をひらく

青春や一握の鳥と思えずうぐいすは

うぐいすの匂うがごときのどぼとけ

うぐいすの声勾配をなせるなる

うぐいすの肺ひと呼吸《いき》に五色なす
啼きおえてよりうぐいすの声漾《ただよ》う

酩酊過度

傍若無人の沙汰なり春夜酩酊過度

年月を飲んだくれ聖なる妻をいけにえに

酔いどれ吾れ春昼の妻に語を返さず

靴屋譚

喫《す》いかけの火を消して靴屋又猫背になる

セザンヌと林檎のごと一生君も釘打て靴に

「奴ら」と、巡査の靴片つ方だけ直しておく

「四百も反動代議士が出やがつた」靴底やけに叩きながら

巧い言葉発見出来ずに靴屋は人に瓢軽者

子を負うて浅草へゆく靴屋の幸福《さち》に逢う

雨の暑気冷気何もかも独立も途上にある

良妻にヤミ米騰《あが》るに農相「善処します」

朝鮮戦乱三周年

戦争の無惨に飽きたニュース目に膚に梅雨寒《つゆざむ》

一枚の炎天ガラスの壁の如くにあつぱくす

人らうろたえずに炎天を戴きてゆくなり

田が湯となり炎天いま農夫の心に充つ

鳴門

鳴門炎天激怒しおこる貧乏渦

一心不乱奔馬のごとき渦の芯

梵音と起るや一糸乱れず渦の呼吸《いき》

渦の興奮目に捲き返す観音力

九十九の渦を炎天に逆立たしむ

渦より強し九十四年貧乏の母の性

母の渦子の渦鳴門故郷の渦

八月十三日老母妻子らと観潮す

ふるさとの悲劇

一生を謬《あやま》てるごとく百姓の瓜畑《ばたけ》腐り

天国へ行くまで母は地獄の草搾続け

売らねばならぬ卵ばかりを生む鶏か

汚れ牛も追い出して袋のように暑い夜だ

歯肉《ぐき》だけの母が噛みこむ麦飯の音ぞ

振子のように明け暮れ麦飯と芋汁菜汁

「なんぼ旨いか知らんわ」この世の母の塩鯖

来世は孔雀の酒煮食う母に生れませ

生活の売り声《ユーモレスク》

「あさり、しじみョォ」貧乏路地を起しにくる

「たわしはいりませんか」どこの台所も日あたらぬ家

「さおだけや竿竹ェ」腐った物干台を見廻す声

「こまかい泥鰌に、いなごでございよろよろ七十過ぎた齢《とし》

「鋏、庖丁、かみそり研ぎ。研ぎやでござい」研いで貰おうか

「土瓶、薬かんのつる捲き」籐椅子一つもこわれた儘に

「こうもり傘の直し」くらしの修理は出来ぬであろうか

「きんかくしを洗いましょう」ユーモレスクにうら悲し

毀れ易い幸福

日が這い出す麻疹の如昨夜疲れた街の肌

母に子を置いて夫婦勤めにゆく路地霜雫

割り切れぬ事や落葉や人ら悲憤に中毒勝ち

毀れ易い幸福のため寒い手が拍手をする

冬の家暗ければ妻を雑巾の如くふと思う

蜜柑山よ幸福を生みだす為に色づくや

第一の季節

降り積む雪妻は政治を愛していず
暮しのごと触れ合い触れ合い雪ぎつしり
厚き海埋めん為雪呼吸もせず

鼻

冬旱《ひでり》匹夫の怒り鼻の尖《さき》憎む

春氷柱《つらら》にんげんの悲運鼻の為

低き鼻冬化粧して人熅《いきれ》

循環線の各各《めいめい》の鼻の冷たき不仕合せ

年月を悲しみの洟すするなり人の癖

よく笑うが泣くほどの幸もたぬ人の鼻

枯れ木の嗅覚《きゆう》春の樹液が幹のぼる

接吻や無用の鼻よ風邪ひくな

貧乏桜

貧乏桜よ東半球は千四百万トンの春の灰降る

貧乏桜よ春の雲かよ三十二キロの放射雲

貧乏桜よ年ごとに醜《ぶ》男となるは憤怒の為

貧乏桜よ疲れ果てまじ明るい時は微笑む時

貧乏桜よ人知の果ての水爆戦見てお釈迦

半人半獣

半人半獣のさばる邦の木木のみ総身力湧き

悪銭汚職半人半獣詐欺殺人つぎの停留所遠し

世に飽くとも五月男にはげし山川動悸うつ

あとがき

俳句は、民族の正統なる詩でなければならない。民主的な人々によっておこなわれている俳壇の、屈指の作家も観賞の玩具にひとしい仕事しかやっていないのではないか。私たちのやっていることは、玩具ではなくて、民族が生きるための文学でなければならない。

悲しみの玩具ではなく、目的をもった要求の文学でなければならない。農民が生産しながら歌っている稗搗歌、米搗歌、俚謡、俗曲らのように共同に生きつらぬく文学でありたい。それを俳句の形式をとおして自由に歌いたい。いまもなお抵抗しなければならない。かゝる民族の文学までに発展してきたことは、たのもしいことであるが、それを、さらにつみかさねたのが、私の夢道俳句であると思っている。

私の俳句生活は、荻原井泉水先生の師恩と栗林一石路、神代藤平、横山林二および故石橋辰之助などの友情とにささえられてきたものである。かえりみて師恩友情のふかさに感謝するとともに、いまさらに感慨ふかいものがある。さらに加えてこのまずしい句集にたいし、荻原井泉水先生、野間宏、秋元不死男、栗林農夫の諸先輩から序文をいただいたことはわたしにとってこの上もない幸福であり感激である。

この句集は、いままでよんだ約四千句のうちから選んだものであるが、この句集の出版については、いろいろの意味でわたしを理解してくれる東竹雄、いとお・きよし、金子蛙次郎の若い人々の協力によることが多い。また、吉村まさとし、相田百世木両氏にもいろいろ御配慮をうけた。これもわたしにとってうれしくありがたいことであった。あわせて感激の意を表したい。

一九五四年七月

東京月島にて

橋本夢道

三人のことば

自由律の作品によってうなづいたのは、夢道さんの俳句からである。夢道さんの語る言葉は、そのままといっていいほど夢道俳句になってしまう不思議な魅力をもっていて、いつのまにかすきになってしまったのです。夢道さんの俳句を読んでいると腹の底からふき出してしまう。そして何か残る。それは、現実のきびしさと困難に対していつも男らしくたちむかっているその姿にいつもはげまされていたからである。しかし、夢道俳句に満足はしていない。その作品から更に抜け出すことも、また夢道俳句は教えてくれた。そして、俳句の未来を近ずけてくれたと思っている。とにかくこの句集をたのしく編んだことをつけくわえ、最後にこの句集のささえとなった一人に橋本静子夫人がいたことを忘れることができない。

（東竹雄）

投句したことがある。そのうち選が気に入らなくなりやめてしまった。半ば偶然からとはいえ選んだ先生を、俳句作りの習いに背いて一生の師匠と出来なかったことは、僕を素直に育てあげないかわりに、多くの優れた作家を知るきっかけともなった。夢道さんにもそんな場で出合い、で、今度も喜んで手伝わせて頂いた。ところが校正刷を見るに及んで、足りない一と言があるのを発見した。困ったことに〝無礼なる妻〟では済されない奥さんへの献辞が見えない、ということである。

（いとお・きよし）

橋本先生のごく若いころの作品だけをみて、いきなり、安心した、などと言ったら叱られるだろうか。いや、きっと叱られるにちがいない。しかし、それだからといって、あの百姓牛のような三十代、四十代の時代の作品だけから、いつもおどろかされていたのでは、私のばあい、やりきれない。そこでこう、くちはばったいいいぐさに出て見るわけだが、どうもいけないことに、そういうそのときから、あと十年もさきになる私の三十代なんかもう、ゼロにおかれている。（金子蛙次郎）

跋

金子兜太

句集『無禮なる妻』は、橋本夢道五十一歳のときの処女句集だが、こんなに自由奔放な俳句をつくるおやじが東京は月島に蟠踞していると知って驚いたことを、いまでも忘れない。

その夢道に初めてお目にかかったのは新橋のガード下の飲屋だった。その前から聞いていた話は、昭和十年代、夢道が、勤め先の「月ケ瀬」が売出した蜜豆のために、「みつ豆をギリシヤの神は知らざりき」とつくり、大当りさせたということ。彼は酒を愛し、妻静子を「クレオパトラ」と呼んでこよなく愛し、子どもたちからは「俳人やくざ」と呼ばれて、七十一歳で大往生した。食道癌。言うまでもなく妻の句多し。

無礼なる妻よ毎日馬鹿げたものを食わしむ
妻と希望に近づいたように鶴を見ている

妻よおまえはなぜこんなにかわいんだろうね

夢道は徳島県の農村に生れ、上京して深川の肥料問屋の小僧さん。その頃から井泉水主宰の自由律俳誌に入り、仲間たちとプロレタリア俳誌をはじめて、「俳句事件」に連座。獄中に二年。そして戦後。その句は自由律ならぬ自由自在律で、極端に長いものから、「うごけば、寒い」のような短唱もあり、五七五定型の「うぐいすの匂うがごときのどぼとけ」などもある。句集の序を四人が書き、その一人野間宏は「このひとのあることは日本の俳句の希望である」と書いていた。

二〇〇八年十二年十六日

橋本夢道（はしもとむどう）略歴

明治三十六年四月十一日徳島県北方藍園村に生る。本名淳一。小作百姓の為、小学校八年卒業後、大正七年上京。深川の肥料問屋の小僧となる。自由結婚をした為、昭和五年馘首さる。同年銀座の洋品雑貨商に勤め支配人となる。同業不振の為、飲食業月ケ瀬を開店現在同社役員。大正十二年自由律俳句「層雲」荻原井泉水に師事して作句。昭和五年栗林農夫（一石路）、神代藤平、横山林二氏らのプロレタリア俳句に活躍。昭和九年「俳句生活」発刊、その編集にあたる。昭和十六年俳句弾圧事件にて同人らと同十八年まで投獄さる。出獄後再び「層雲」に復帰。敗戦後、新俳句人連盟結成に加り、現在、同連盟常任中央委員、現代俳句協会々員及び新日本文学会、日本文化人会議会員。同人雑誌「秋刀魚」に所属して作句を怠らない。

＊右の略歴は初版からの再録です。昭和四十九（一九七四）年、死去。

無禮なる妻〔新装版〕　橋本夢道句集

発行――一九五四年八月二十日　初　版第一刷発行
二〇〇九年二月　十　日　新装版第二刷発行

定価――(本体一八〇〇円＋税)

著　者――橋本夢道

発行者――西谷能英

発行所――株式会社　未來社
東京都文京区小石川三―七―二
電話　〇三―三八一四―五五二一
http://www.miraisha.co.jp/
Email:info@miraisha.co.jp
振替〇〇一七〇―三―八七三八五

印刷――精興社

製本――榎本製本

ISBN 978-4-624-60110-2 C0092

（消費税別）

平野謙・小田切秀雄・山本健吉編
〔新版〕現代日本文学論争史 上・中・下

大正末期から戦前までの二十余年の間に交わされた激論、全二十五論争を三巻に収録。半世紀前のロングセラーを復刊、文壇が熱かった時代がここに甦る。 上／六八〇〇円 中・下／五八〇〇円

西郷信綱著
〔増補〕詩の発生〈新装版〉

日本文学における「詩の発生」を体系的に論じた名著。他に言霊論・古代王権の神話と祭式・柿本人麿・万葉から新古今へ等。あいまいにされがちな「詩」の領域を鋭い理論で展開。 三五〇〇円

西郷信綱著
日本詞華集

記紀、万葉の古代から近現代に至る秀作を収録。各分野で第一線を走った編者三名の独自の斬新な詩史観が織りなす傑作アンソロジー。西郷信綱氏の復刊への「あとがき」を収録。 六八〇〇円

本多秋五著
〔第三版〕転向文学論

小林秀雄論・プロレタリア文学理論・転向文学論・上部構造論の四部・十一論文から成り、昭和文学理論の支配的源流を追究することによって、戦後文学の展望を示す第一評論集。 一八〇〇円

祖父江昭二著
近代日本文学への探索

〔その方法と思想と〕初期の「久保栄小論」より三十年に及ぶ研鑽の初の論文集。時代（歴史）の典型像から論理を展開した方法論に基づく文学の諸ジャンル・運動・思想への探索。 四八〇〇円

祖父江昭二著
近代日本文学への射程

〔その視角と基盤と〕近代日本の文学者達のアジア観を吟味するI「近代日本の文学と朝鮮・中国」と幸徳秋水、河上肇、戸坂潤等を論ずるII「社会主義的な諸思想を学ぶ」よりなる。 三五〇〇円

野村喜和夫著
金子光晴を読もう

〝抵抗とエロスの近代詩人〟という旧来の評価をこえて、いま金子光晴を読むことの意味を問う。散文性、身体、アジア、共同体、クレオール、皮膚……といった切り口から読み直す。 二二〇〇円